제 인생에 답이 없어요

제 인생에 답이 없어요

크리에이터 선바의 거침없는 현생 만담

희망으로 2행시? 희희, 망했다

약간 망했어도 즐겁게 내 갈 길을 가는 힘에 대하여

위즈덤하우스

헌사

1인 크리에이터 선바가 폭풍성장한 이유, 궁금하십니까?

-고탱

'크다….'

핸드폰 속 작은 동영상으로 접하던 인물을 실제 크기로 보게 된 것을 감안하고서라도, 선바는 내가 예상한 것보다 더 부피의 존재감이 큰 사람이었다. 선바를 처음 만나던 날, 홍대입구역 출구 앞 인파 속에서도 선바를 찾는 것은 하나도 어렵지 않았다.

멀리서 보니 나보다 한 뼘은 족히 커 보이는 키에, 무표정한 선바의 모습은 친해지기 어려운 느낌이 들었지만, 한쪽 귀에서 이어폰을 빼며 멋쩍게 먼저 인사할 때에는 인터넷 동영상 속 그의 익살스러운 모습이 슬쩍 묻어 나왔다.

같은 영상 플랫폼에 자기만의 코미디 영상을 올리고 있던 선바와 나는 2014년 초에 그렇게 처음 만났다. 나는 선바가 올린 영상을 SNS에서 우연히 발견해서 알고 있었고, 선바가 먼저 내게 만나자고 메시지를 주었다. 당시 둘 다 일상생활 속 작은 공감 포인트를 찾아내어 그것을 주제로 한 짧은 영상을 만들어 올리곤 했었는데, 선바도 나도 영상 크리에이터로서 또 다른 크리에이터를 만나는 것은 처음이었기 때문에 서로에 대한 호기심이 상당했었던 것 같다.

첫 만남이었음에도 인터넷 동영상 제작이라는 함께 공유하는 큰 관심사가 있었기 때문인지 오랜만에 만난 동네 친구보다도 더 신나게 대화를 나눴다. 나처럼 인터넷 동영상에 빠져 사는 사람이 여기에 또 있구나 싶었고, 그날 내친김에 같이 영상도 하나 찍었다.

그때 찍은 것은 10초도 안 되는 짧은 영상이었는데 얼마나 공을 들였는지 모른다. 테마는 '천원샵에 가서 물건을 사면 내가 마치 부자가 된 것처럼 돈을 쓸 수 있다'는 내용. 짧은 영상 속에 그 공감 포인트를 보여주기 위해서 선글라스를 맞추어 쓰기도 하고, 수중에 얼마 있지도 않던 돈을 인출기에서 뽑아 래퍼들 하듯이 뿌려보기도 하면서 심혈을 기울인 작품을 만들었다. 그 하루가 지나고 나서는 선바와 내가 마치 몇 년을 안 친구처럼

'척하면 척'인 가장 잘 맞는 듀오가 될 것 같다는 확신도 들었다.

그 이후로 선바를 직장 동료처럼 거의 매일같이 보며 지낸 것 같다. 카페를 전전하면서 아이디어 회의도 하고, 서로의 스마트폰 카메라를 들고 촬영도 많이 했다. 그렇게 공감대가 큰 친구였지만 의외의 반전 포인트가 없는 것은 아니었다. 선바와 친해진 지 한 달쯤 되었을 때였을까, 다른 크리에이터 친구와 함께 셋이서 노래방을 갔을 때 선바가 마이크를 들며 담담하게 말했다.

"나 노래 잘해. 밴드 보컬이었어."

그때는 왠지 '보컬 김선바'가 너무 의외라 농담인 줄 알고 웃어넘기고 내가 부를 곡이나 찾고 있었는데, 정말 선바가 노래를 시작하니 노래방이 그의 존재감으로 꽉꽉 찼다. 노래 실력도 실력이지만 영상 찍을 때처럼 자신감 가득한 성량을 뿜어대는 모습이 멋졌다.

"난 진지하게 춤추는 거는 잘 못하는데."

한창 유행하던 '인싸댄스' 같은 걸 같이 춰보고 싶어서 선바를 꼬셔봤을 때는 뜻밖에 이런 얘기도 해줬다. 자기가 춤을 못 춰서 웃길 수는 있지만 진짜 멋지게 춰야 하는 영상은 못 찍을 것 같다는 얘기였다. 물론 지금은 개인 방송에서 땀에 젖은 얼굴에 매서운 눈매로 '라스푸틴' 댄스를 추지만.

오랫동안 함께하면서 알게 된 선바는 그렇게 자기가 어떤 걸 잘하고, 어떤 걸 잘 못하는지 스스로 정말 잘 알고 있는 친구였다. 잘하는 척하려고 하지도 않고, 못하는 것을 부끄러워하지도 않는. 나는 이게 선바의 매력이라고 생각한다. 워낙 '폭풍성장'한 크리에이터여서 그렇기도 하겠지만 선바가 갖고 있는 매력이 무엇인지 궁금해하는 사람들이 많다. 어떤 매력으로 이렇게 많은 유튜브 구독자들, 트위치 시청자들, 팬들과 함께하게 되었는지 궁금해할 법도 하다. 선바는 입담이 좋아서 나라면 상상도 못할 웃기는 드립을 치기도 하고, 그 호탕한 웃음소리에는 낄낄거리며 같이 웃게 하는 마력도 있고, 그 와중에 악기를 어마무시하게 잘 다뤄서 깜짝깜짝 놀라게도 하지만, 정말 그를 응원하게 만드는 선바의 매력은 자신이 잘 못하는 것이나 콤플렉스도 있는 그대로 웃음으로 만들어내는 솔직함에 있다고 생각한다.

카메라 앞에서 말하기가 어려울 땐 그냥 말 한마디 제대로 못 꺼내는 자신의 모습을, 춤을 못 추면 못 추는 그대로의 엉성한 모습을, 게임을 못하면 몇 번이고 헤매는 그 모습을 자신조차도 부끄러운 그 모습 그대로 보여주는 선바를 보면 오래 함께한 친구처럼 마음을 열고 응원하게 된다. 물론 그런 엉성함마저도 꼭 자기만의 웃음 포인트로 살려내는 것 또한 선바의 강점이다. 이 책에서 그런 선바의 강점이 또 한 번 빛을 발할 것이다.

- 이 글은 유튜브 웃음창작집단 '웃소'의 리더 고탱이 썼다. 웃소는 95만 명 이상이 구독하는 한국의 대표적인 공감 웃음 유튜브 채널이다.

차례

2부 참을 수 없는 일들도 있지만

3부 도움이 될지 모르겠는 TMI

—

선생님,
저는 인생이
적성에 안 맞는 것 같아요.

인생은 한 권의 전공 서적,
암만 봐도 모르겠어요.

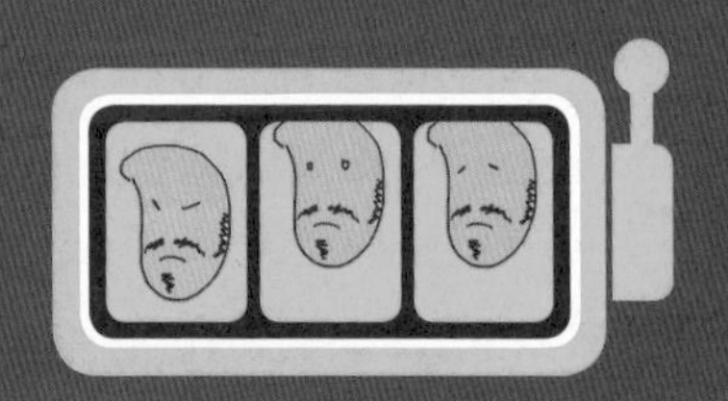

1부

이 정도 굴곡은 예상했지

—

우린 뭔가 못하거나
부족한 게 아니라
그저 나에게 맞는 사람,
나에게 맞는 장소를
못 찾은 것뿐일 수 있다.

저는 무척이나 디스토피아적인 세계관을 가지고 있습니다. 세상은 어둡고 항상 힘든 일이 가득하죠. 나를 도와주는 사람의 손길보다는 나에게 손가락질하는 사람의 손가락이 더 잘 보입니다. 낯선 사람이 나에게 말을 걸면 나에게 위해를 끼치고 자기가 이득을 보려는 것이라고 여겨집니다.

하지만 이렇게 생각해도 저렇게 생각해도 삶은 이어집니다. 세상이 내 맘처럼 쉽지 않고 주변 환경이 척박해도 옥상의 민들레 꽃처럼 꾸역꾸역 버텨나가며 살아가는 맛도 제법 괜찮은 것 같습니다.

세상 한탄을 해봐야 뭐 바뀌는 것도 없고 재미없잖아요.
내가 보고 싶은 것 보고 내가 하고 싶은 것 하고 내가 낯선
사람에게 따뜻한 마음으로 말을 걸면 되잖아요?

저기요~!
도망가셨네….

인생 참….

철학과 1

"무슨 과예요?"

"철학과요."

"아~ 그렇게 생겼어요."

???

• 철학과 시리즈는 전부 실제로 나눴던 대화 내용입니다.

철학과 2

많은 사람들이 "철학과에서는 뭐 배워요?" 하고 물어본다. 그때 내가 친절하게 "1학년 때는 손금 보기, 2학년 때는 관상과 사주, 3학년 때는 물 위를 걷는 법, 4학년 때는 장풍 쏘기"라고 대답하면 다들 "아… 그렇구나" 이러고 있다.

아니야, 이 사람들아.

철학과 3

나: 할머니~ 저 대학교 붙었어요!

할머니: 아이구~ 우리 손주 장하다. 그래, 어디 과 붙었어?

나: 철학과요.

할머니: 옘~병~

철학과 4

A : 철학과의 졸업 후 진로에는 무엇이 있나요?

B : 네, 공무원 시험 준비하기요.

A : 네? 그건… 철학과를 꼭 안 나와도…

B : 아, 그럼 부모님 사업 물려받기요.

A : …

철학과 5

"철학과를 다녀도 취업할 수 있어요!"

"어떻게요?"

"전과하세요!"

대학 생활

내가 학교를 다니면서 가장 짜릿한 순간은 수업을 듣다가 '아, 이건 좀 아니다'라고 생각되는 수업을 드랍할 때다.

자이로드랍보다 짜릿한 자의로 드랍.

내가 좋아하는 철학자

내가 요새 좋아하게 된 철학자는 글라우콘이다. 다들 자신만의 문제를 치열하게 고민할 때 글라우콘은 소크라테스의 옆에서 이런 말만 외치기 때문이다.

"네, 그렇고말고요."
"저도 그렇게 생각하고말고요."
"그렇지 않을 수 없습니다."

어쩌면 소크라테스로 사는 것보다 이게 더 어려운 일일 수도….

술

신입생 때는 정말 술을 많이 마셨었다. 그래서 뭘 배웠느냐고 물으신다면 술을 많이 먹지 말아야겠다는 걸 배웠다고 대답하겠다.

술을 많이 먹어서 술을 먹지 말아야겠다는 걸 배웠다면 원점 아니냐고?

때로는 러닝머신처럼, 가도 가도 똑같은 위치더라도 뭔가 얻어가는 게 있는 일도 있는 거다.

너 그렇게 맨날 게임만 하면 커서 인기 스트리머 된다!

내가 어렸을 때 게임하는 것은 참 큰 죄악이었다.

그래서 나의 어릴 적 소원 중 하나가 하루 종일 컴퓨터 하는 사람이 되는 것이었던 적도 있었다.

지금은 그 소원을 이뤘고 소원을 빌 때는 신중해집시다.

너는 게임도 잘 못하면서 왜 게임 방송 하냐?

너는 말도 곱게 못하면서 왜 말하냐?

게임을 좋아하는 이유

나는 게임을 참 좋아한다. 게임은 그야말로 즐기기 위해 하는 것이니까.

잘하건 못하건 즐기면 그만인 게 게임 아닌가?

세상은 온갖 경쟁과 점수 매기기로 가득한데 게임에서까지 그럴 필요가 있을까?

그냥 그런 치열한 세계를 잊고
스트레스 좀 풀려는데

아니, 진짜 우리 팀 왜 이렇게 못하냐?
아, 진짜 그럴 거면 게임하지 마, 너.

아, 적당히 못해야지!

진짜 드러워서 못 하겠네, 이 게임.

눈물의 첫 생방송

내 첫 생방송은 어처구니없게도 사과 방송이었다. 그 당시 유튜브 생방송 기능이 처음 생겼고 나는 그 기능을 알아보려고 이것저것 누르다가 잠이 들었다. 근데 그 이것저것 누르는 행위에 생방송 예약 기능이 포함되어 있었던 것이다. 당시의 구독자분들은 내가 첫 생방송을 하는 줄 알고 모여서 기다리셨다. 밤새 오지 않는 스트리머를 기다리며… 채팅창에서 끝말잇기를 하면서.

아침에 일어난 나는 너무 깜짝 놀라서 옷도 못 입고 눈물의 사과 방송을 했다.

"제가 뭘 누르다가 스트리밍 예약이 된 것 같아요…."

"죄송합니다. 잤어요…."

"저도 놀랐어요…."

이게 내 첫 생방송이었다.

생방송의 매력

생방송의 매력은 당연히 실시간 소통이다. 내가 어떤 행동을 취하면 곧바로 그에 대한 반응이 나오는데 이걸 지켜보는 것이 너무 즐겁다.

"선바 님, 거기 아니에요."
"아니, 왜 그렇게 하세요."
"그거 그렇게 하는 거 아니에요."
"제발 이것 좀 해주세요."

정말로 즐겁다.

인터넷 방송인을 꿈꾸는 사람에게

인터넷 방송인을 꿈꾸는 사람이 요새 생각보다 많다. 나도 심심찮게 주변 친구들로부터 "나도 그거나 해볼까?" 하는 말을 듣고는 한다. 물론 "나도 그거나 해볼까?"라는 말 속에는 '그거 정말 만만해 보인다'라는 뉘앙스가 비쳐서 그리 유쾌하지만은 않다.

하지만 어쩌겠는가. 정말 만만한 것을….

인터넷 방송이란 사실 누구나 할 수 있는 것이다. 인터넷 방송이 가능한 플랫폼과 아이디어만 있다면 정말 말 그대로 누구나 할 수 있다. 이것을 위해 뭔가 시험을 준

비할 필요도, 공부를 할 필요도 없다. 그냥 방송을 켜면 장땡인 것이다. 그러니 만만해 보이는 것도 당연하다.

하지만 막상 켜면 당연하게도 아무도 보러 오지 않을 것이다. 많이 와봐야 친구들 몇몇이 오겠지. 하지만 처음 방송을 하는 그 민망한 순간을 친구에게 알릴 수 없다고 생각한다면 역시 시청자는 0명일 것이다. 그리고 운 좋게 누군가 보러 들어온다고 해도 정말 어색할 것이다. 도대체 뭘 해야 할지, 등에서 식은땀이 흐를지도 모른다. 그럼 뭘 어떻게 해야 하나?

이 문제에 대해 한 가지만 조언하자면 시작할 때부터 인터넷 '생'방송에는 도전하지 말라는 것이다. 사실 처음부터 생방송을 한다면 아무리 재미있는 콘텐츠를 해도 쉽지 않을 것이다. 인터넷 생방송은 시청자와 실시간으로 소통하며 해야 기존 TV 방송과 차별되는 큰 재미가 있는데, 처음엔 소통해야 할 시청자가 아무도 오지 않을 것이기 때문이다. 그러니까 생방송이 아닌 녹화 영상을 올려서 자신이 하는 일에 대한 관심을 높이고 그 후에 생방송을 하는 것이 순서다.

물론 그 녹화 영상조차 반응이 미지근할 수 있다. 하지만 뭐 살면서 동영상 하나 찍는다고 큰돈과 시간이 드는 것도 아닌데, 하고 싶으면 언제든 해볼 수 있지 않을까? 잃을 것은 없다.

해볼까 말까 고민한다면 지금 당장 해보기를 권한다.

관종 1

관심을 받는다는 것은 정말 짜릿하다. 내 영상이 처음 페이스북에서 퍼지기 시작하고 댓글이 달리기 시작했을 때 나는 그 몇천 개 되는 댓글을 새로고침하고 새로고침해서 하루 종일 다 읽었다. 하지만 질리지가 않았다. 그 때 깨달았다.

나는 정말 관종이구나.

관종2

내가 처음 관종이라는 단어를 본 것은 군대에서 전역한지 얼마 안 지나서인데 깜짝 놀랐다. 우리 부대 대대장 이름이 관종이었기 때문이다.

사람들이 "너 관종이냐?" 하고 물어볼 때마다 관등성명을 댈 뻔했다.

희망으로 2행시

희: 희희

망: 망했다

희망이란 밝은 미래로 나아가는, 나 자신이 향상되고 성장한다는 의미로 인식될 때가 많다. 하지만 이런 의미보다는 내가 뭔가에 실패하더라도 다시 일어날 수 있다고 믿는 의미의 희망이 나에게는 더 밝고 따뜻하게 다가오는 것 같다.

희희… 망했다….

훌훌 털고 또 다른 걸 해보자.

모순으로 2행시

모: 모난 사람일수록

순: 순진하다

살면서 느낀 것은 성격이 모나다고 느껴지는 사람들이 오히려 순진하다는 것이다. 흔히들 모난 사람을 두고 '사는 게 힘들어서 그런가 봐'라고 하는데 정작 진짜 힘든 일을 겪은 사람들은 그런 풍파에 다 깎여버려서 둥근 사람이 된다.

모가 났고 또 그걸 티를 내는 사람들은 그냥 순진해 보인다.

인생이란

다이어트 해야 하는데
맛있는 거 200그릇 먹고 싶은 것.

노력

내가 아무리 안간힘을 쓰면서 노력해도 노력하면 뭐든지 할 수 있다는 사람은 설득하지 못하겠더라.

쓸데없는 말

쓸데없는 말은 안 해야지 하다가 꼭 해야 될 말도 못하게 되었다.

다짐이 뭔가요?

내가 말해놓고 그거에 다 지는 거요.

다 짐.

내가 살고 싶은 인생

돈이 많고 여유로움.

주변 사람들 인생

돈이 많고 바쁨.

내 인생

가난한데 바쁨.

인생

졸린데 잠이 안 와.
배고픈데 입맛이 없어.
외로운데 혼자 있고 싶어.

부러운 사람

내가 부러워하는 그 사람도 남모르는 아픔에 힘겨워하며 나를 부러워하고 있을지도 모른다는 생각.

내가 부러워하는 그 사람: 너는 안 부럽다.

계획

늘 계획을 세우지만 계획대로 되는 일은 한 열 번 중에 한 번 정도다. 나머지는 다 틀어지고 만다.

그래서 재미있다.

근자감

근거 없는 자신감을 가져보자.

공짜니까.

하지만 조심하자.

창피는 비싸다.

까치발을 들지 마세요.

자존감

나는 좋든 싫든 살아 있는 동안

나와 평생 살아야 한다.

그러니 좀 못 미덥고 못해도 보듬어주며 살아가자.

쉬어가는 TMI

나 방송하기 전에 코 파고 시작함.

따뜻한 위로의 말

내가 제일 힘들어하는 것 중 하나는 힘들어하는 사람에게 따뜻한 위로의 말을 하는 것이다. "괜찮을 거야"라고 말하기엔 전혀 괜찮지 않아 보이고 또 진짜 괜찮아질 거라고 확신할 수도 없다.

또 "네가 무슨 기분인지 알 것 같아"라고 하기엔 솔직히 모른다.

"힘내" 또한 마찬가지다.

힘들어 죽겠다는데 어떻게 내가 힘을 내라고 말할 수 있겠는가.

하지만 내가 위로받았을 때를 생각하면 어떤 말 때문에

위로가 됐던 적은 한 번도 없는 것 같다. 상대방이 내 아픔에 진짜로 공감하고 있다고 느꼈을 때 정말 위로가 됐던 것이다.

내 위로의 말들이 상대에게 잘 전해지지 않는다고 생각될 때가 있다. 그럴 때는 표현에 문제가 있었다기보다 그저 상대가 내 마음을 제대로 느끼지 못했던 것이 아닐까?

쓸 데 있는 쓸데없는 말

쓸데없는 소리 좀 그만하라고 하는 말보다 쓸데없는 말을 들어본 적이 없다.

정말 관심 없고 지루한 이야기만 나오는 영상은 잠이 오지 않는 밤 수면제로 적격이다.

또 쓸데없이 잘못 찍힌 사진은 웃기는 짤로 쓰기에 적격이다.

이처럼 세상 쓸모없는 것들도 다 어딘가에 쓰임이 있다.

세상에서 제일 쓸데없는 말은 자신의 좁은 식견으로 다른 사람의 말을 쓸데없다고 폄하하는 것이다.

윈윈

"이거 서로 윈윈이야"라는 말을 하며 제안하는 사람을 조심해야 한다.

사람들은 보통 자기가 이기고 있을 때 윈윈이란 말을 쓴다.

여러분, 이 책 사시면 여러분은 재미있는 책도 보고 저도 좋고 윈윈이에요.

말수가 적은 사람

나는 어렸을 때 내가 굉장히 말수가 적은 줄 알았다. 과묵함이 내 성격이라고 생각했다.

근데 그런 게 아니라 내 말을 들어줄 사람을 찾지 못했을 뿐이었다.

내 말을 들어주는 사람을 만나니 말이 마구 쏟아져서 곤란할 지경이다.

우린 뭔가 못하거나 부족한 게 아니라 그저 나에게 맞는 사람, 나에게 맞는 장소를 못 찾은 것뿐일 수 있다.

TMI의 원리

참 알고 싶지 않은 정보를 계속해서 말하는 사람들이 있다. 우린 그걸 TMI(Too Much Information)이라고 부르는데 그런 TMI를 듣고 있자면 정말로 '아니, 그걸 도대체 왜 말하는 거지? 내가 왜 그걸 알아야 하지?' 싶은 게 한두 개가 아니다. 그러다가 한번 곰곰이 '왜 그럴까? 왜 저렇게 많은 정보를 나에게 주려고 하는 것일까'를 고민해봤다.

사실 너무 외로워서 뭐라도 말하고 싶지만 내 안의 깊은 이야기를 하기엔 상대에게 부담을 주는 것 같고, 본인도 자신의 마음 정리를 못해서 TMI를 남발하며 그 와중에 자기의 깊은 이야기를 슬며시 흘리는 것 아닐까?

이런 생각이 들자 너무 궁금해서 평소에 늘 TMI를 연발하는 친구에게 물어봤다.

나: 이런 이유 때문에 맨날 TMI 말하는 거야?

친구: 아니. 그냥 하는 건데? 근데 있잖아, 오늘 내가 일하다가 우리 사장님의 친척이 알바 다니는 식당에 맛있는 점심을 먹으러 갔는데…

나: …

단호함

나에게 좀 단호해지라는 사람에게
단호하게 싫다고 말했다.

다정함

방송을 하다가 다정한 게 무엇인지 시청자분들께 물어 봤다.

"힘들 때 돈을 주는 사람이오."

다정한 사람이 되기 위해
매정하게 일하러 가야겠다.

집착과 끈기의 차이

대상이 사람이면 집착.
대상이 과업이면 끈기.

포기

뭔가를 포기하는 것은 사실 뭔가를 끝까지 해내는 것만큼이나 어렵다.

때때로 뭔가를 포기하면 내가 받게 될 주변의 시선이나 평가가 그 일을 완수하는 데 드는 노력보다도 더 무섭고 두려워 억지로 뭔가를 끝까지 하게 될 때가 있다.

물론 그런 식으로라도 끝낸 일이 지나고 보면 또 보람차고 괜찮을 수도 있다. 하지만 많은 경우 억지로 했던 만큼 효율도 안 나오고 결과마저 별로일 수 있다.

그러니 뭔가를 관두는 게 낫겠다 싶고 그래야만 한다는 생각이 들면 제때 포기하는 것도 큰 용기이다.

포기 화이팅!

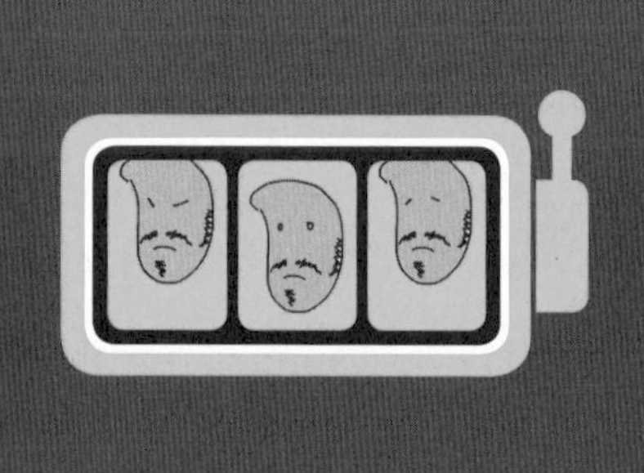

2부

참을 수 없는 일들도 있지만

—

어렵다.
살던 대로 살아야겠다.
남한테 피해나 주지 말자.

우리가 어떤 문제에 부딪혔을 때 세상이 나에게 말하는 게 정답일까요? 내가 세상에게 말하는 게 정답일까요?

뭐 그때그때 다르겠죠? 웬만하면 정답을 향해 살아가고 싶겠지만 우리의 오답률은 꽤 높을 겁니다. 어쩌면 살면서 단 한 번도 정답을 고른 적이 없을지도 모르겠네요. 하지만 정답은 아니어도 적어도 매일 밤 베개를 눈물로 적시며 후회할 만한 선택은 안 했으면 좋겠습니다. 그러기 위해선 내 스스로가 선택의 기준과 선, 그리고 방향을 명확히 하는 게 중요하다고 생각합니다. 제 자신의 능력과 선택의 한계를 명확히 알면 설령 후회할 일을 하더라도 그것이 최선이었음을 알기 때문입니다. 방향을 설정해놓으면 가는 길에 넘어지고 굴러떨어져도 내가 진정으로 원하는 곳으로 가고 있다는 걸 알 수 있기 때문입니다.

그 방향과 한계는 다른 사람이 정해줘도 괜찮겠지만 이왕이면 스스로 부딪히며 내가 설정하는 게 재미있지 않을까요? 다른 사람은 내 인생을 대신 살아줄 수 없고 내 인생의 아주 작은 부분까지 이해할 수도 없으니까요.

예의 바르게 살기의 문제점

다른 사람에게 예의를 지키며 살면 참 좋다. 좋고 말고를 떠나 너무나 당연한 일이다. 그러나 이렇게 사는 것에도 문제점이 있다. 다른 사람이 나에게 무례하게 굴면 굉장히 억울해진다는 점이다.

"아니, 나는 이렇게 예의 바르게 구는데 당신은 왜?"

차라리 내가 막되게 굴었으면 억울하지라도 않지. 그래도 그런 사람들 때문에 당연한 걸 포기하지는 말자. 소크라테스는 불의를 당하는 것이 불의를 행하는 것보다 낫다고 했다.

하지만 우린 소크라테스가 아니잖아요.

진짜 예의 없이 구는 사람들은 좀 혼나야 돼.

나쁜 관계

세상엔 많은 관계들이 있지만 그중에 정말 피 말리는 관계는 "내가 지금 당신을 간신히 참아주고 있어" 관계가 아닐까?

내가 누군가와 있어주는 것 그 자체로 뭔가를 해주고 있다고 생각하고 또 그것을 생색내야 할 정도라면 그 관계는 급속도로 서로의 피를 말리는 피곤한 관계가 될 것이다.

내가 누군가를 지금 싫어하지만 '간신히 참고' 있다면 제발 서로를 위해 그 관계에서 도망쳐라!

누군가를 좋아하는 마음

누군가를 좋아하는 마음이 내가 그 사람에게 휘두르는 무기가 되어서는 안 된다.

내가 널 좋아하니까 넌 이렇게 해야 돼.

내가 널 좋아하니까 넌 이렇게 하지 말아야 돼.

그냥 좋아하는 마음으로 그 사람을 휘두를 수 있어서 좋아하는 건 아닌지 생각해보자.

우울의 늪

우울은 흔히들 늪에 비교하곤 한다. 가만히 있어도 서서히 바닥으로 떨어지는 기분이란 생각보다 힘들고 누군가에게 꺼내달라고 도움을 요청하는 손을 내밀게 된다. 그런데 그 손을 잡고 꺼내주려면, 꺼내주는 사람이 단단한 지면에 발을 딛고 있어야 한다. 그렇지 않고 어설프게 꺼내주려다가는 그 사람도 같이 빠져버리기 쉽다.

하지만 대체 지금 이 세상에서
누가 단단하고 평평한 땅에 발을 딛고 있을 수 있는가?

카리스마적 존재

가끔은 주체성을 가지고 모든 것을 스스로 선택하며 살아야 하는 게 버겁고 힘들 때가 있다. 그럴 때 어디선가 압도적 카리스마를 지닌 존재가 나타나 내 삶을 리드해 줬으면 하는 바람이 생기곤 한다.

하지만 시답잖은 쭉정이가 나타나
이래라저래라 한다면 가만두지 않겠어.

잘못했다고 생각하지 않을 때

살면서 분명 나는 별로 잘못했다고 생각하지 않지만 내가 그냥 고개 숙여 사죄를 할 때가 있는데, 절대 그래서는 안 된다. 물론 상대가 착한 사람이라서 그냥 받아준다면 참 훈훈한 결말이지만 그 숙인 머리를 잡아 바닥으로 처박는 사람도 있기 때문이다.

바닥에 고개가 처박히고 나서 "아니, 그게 아니라…" 하고 억울해 해봐야 이미 늦었다.

본인이 잘못했다고 생각하지 않는다면 피하든지 끝까지 항변해라.

하루하루의 소중함

하루하루 열심히 살죠.

큰 그림 같은 거 없이요.

오늘 하루, 열심히 살다 보면

언젠가 큰 그림 하나 그려져 있지 않을까요?

다 너 잘되라고 하는 소리야

= 나 기분 좋자고 하는 소리야.

= 네가 겪고 있는 문제에 대해 나는 사실 별로 깊게 생각 안 해봤지만 지금 생각나는 대로 하는 소리야.

= 왠지 이 말을 해야 내 마음이 편할 것 같아서 하는 소리야.

= 들어서 잘 풀리면 내 덕, 안 풀리면 네 탓이라는 소리야.

넌 진짜 XX한 XXX이며 XXXX야

= 제가 그렇습니다.

뒷담에 대처하는 방법

누가 자꾸 네 뒤에서 말을 하면
방귀를 뀌어라.

평가

사람들이 자기가 선택하지 않은 것들로(인종, 나이, 국가, 성별) 평가받지 않고 자기의 선택들로 평가받았으면 좋겠다.

내가 선택하지도 않은 사안으로 나 자신을 평가받는다는 것은 아무리 생각해도 좀 억울하네.

정의롭게 살기

요즘같이 복잡한 시대에 정의롭게 산다는 것은 정말 어렵고 복잡한 일이다.

이 말은 어떤 개인의 의지나 도덕성이 부족해서 어렵다는 뜻이 아니다. 우리가 뭘 먹고 뭘 입고 뭘 하든지 정확한 정보가 부족하기 때문에 그렇다는 것이다. 내가 입고 있는 이 옷이 어떤 경로로 나에게 오게 되는지 내가 살고 있는 이 집이 어떤 경로로 만들어졌는지 우리는 알 수가 없다.

나도 모르는 사이에 불의에 가담할 수도 있는 것이다! 이 옷이 노동력 착취로 만들어진 것이라면? 이 집을 만든 노동자들이 임금을 지불받지 못했다면?

하지만 이런 일들은 잘 알 수도 없고, 또 알아낸다 한들 그 밑에 깔린 복잡한 일들에 대한 또 다른 진실까지 파악하기는 정말 힘든 일일 것이다.

그래서 자신의 문제가 아닌 사소한 일에서 정의를 부르짖는 사람들을 보면, 어떻게 그 일을 그렇게 보기 쉽게 가지를 쳐내고 잘 단순화해서 그만큼이나 명확한 입장을 가지게 된 것인지 참 부럽기만 하다.

아니, 내가 앞에 말한 건 그렇다 치고 막말로~

= 앞에서 근거 있는 척하면서 통계 자료를 제시한 것은 사실 나도 잘 모르겠고 이게 바로 나의 솔직하고 추악한 심정이다.

아니, 그게 문제가 아니라 당신 말투(태도)가

= 일단 논리로는 졌는데 이대로는 발 뻗고 못 자겠으니 얼른 아무 이유나 붙여서 사과를 받고 싶다.

말싸움할 때 제일 얄미운 사람 1

말싸움할 때 제일 얄미운 사람은 어떤 특수한 문제 때문에 한껏 집중해 싸우고 있는데 갑자기 나타나서 "여러분 싸움은 나쁜 거예요~ 우리 사이좋게 지내요~" 하는 사람이다. 특수한 문제에 대해서 특수한 의견을 나누며 잔뜩 몰입했는데 "여러분~ 싸움은 나쁜 거예요~" 하고 일반론을 펼치러 나타나니 그것만큼 복장 터지는 경우도 없다.

아니 그걸 누가 모릅니까? 일이 이렇게 됐으니까 싸우는 거지. 그럼 두터운 법전이 왜 필요하겠어요?

특수한 상황에도 일반적인 규칙이나 말할 거면 그냥 십계명이나 지키고 살면 되는 거다.

말싸움할 때 제일 얄미운 사람 2

갑자기 등장해서 심판을 자처하고 판결을 내리는 사람이다. 이런 사람은 누가 판결 내달라고 하지도 않았는데 나타나서 "음… 내 생각엔 이건 A쪽 말이 맞는 것 같은데?" "이건 A가 잘못했네" 하고 뜬금없이 나타나서 오지랖을 부린다.

지금 무슨 자격으로 심판질하시는 거죠?

너의 인생을 사세요

흔히 사람, 취미, 일을 너무 좋아해서 거기에 푹 빠지면 "야, 그런 거 그만하고 네 인생을 살아!"라고 말하는 사람들이 있다.

하지만 '내 인생'이 뭔데? 내가 좋아하는 것, 몰입할 수 있는 것에 푹 빠지는 게 정말 좋은 내 인생 아닐까?

네가 말하는 인생이란 규칙적인 시간에 자고 일어나서 세끼 건강히 먹고 공부하고 일만 하는 거니?

너나 네 인생을 살렴….

뭣같이 굴기와 정당화

솔직히 살면서 다른 사람한테 뭣같이 굴 수는 있다. 근데 그렇게 뭣같이 굴면서 내가 왜 뭣같이 구는지, 그리고 그게 어째서 정당한지는 설명하지 말자.

진짜 뭣 같으니까.

다른 사람을 못 믿는 이유

다른 사람을 못 믿는 이유는 다른 사람이 나와는 엄청나게 다른 무언가라고 생각해서가 아닐까? 나와는 전혀 다른 상식을 지니고, 나와는 전혀 다른 행동을 하는 그런 사람 말이다.

누군가를 믿을 수 없을 땐, 다른 사람들도 나와 별반 다르지 않은 어쩌면 나와 똑같은 사람이라고 생각해보는 건 어떨까?

와… 더 못 믿겠다.

더 좋아하면 손해

인간관계에서 흔히들 더 좋아하면 손해라는 말을 한다. 더 좋아하는 쪽이 항상 마음 졸이고 상대 눈치를 보니까 나온 말일 것이다.

하지만 나는 더 좋아하는 쪽이 손해라고 생각하지 않는다. "좋아한다"는 행위는 좋아함을 받는 사람보다 "좋아하는" 본인에게 더 좋은 일이다. 누군가를, 무언가를 진심으로 좋아할 때 자신의 몸에서 엄청난 에너지가 나오는 것을 느껴본 적이 있는 사람이라면 이게 무슨 말인지 이해가 될 것이다.

누군가를 더 좋아하면 손해라는 생각은 이런 마음을 막아서는 장애물밖에는 안 된다.

누군가를, 무언가를 마음껏 좋아하자.

욕인 거 같은데 칭찬인 말

와, 진짜 이상해, 저 사람.
저런 사람 처음 봐.

별거 아닌데 엄청 힘 나는 말

ㅋㅋㅋㅋㅋㅋㅋㅋㅋㅋㅋㅋㅋㅋㅋㅋㅋㅋ
ㅋㅋㅋㅋㅋㅋㅋㅋ

쓸모없는 일

쓸모 있는 일만 해야겠다고 생각하는 것만큼 쓸모없는 일이 없다.

조언과 오지랖의 차이

듣는 사람이 기분 나쁘면 오지랖이다. 상대가 기분 나빠 한다면 조언해주고 싶은 마음을 참는 게 좋을 것이다.

네? 내가 진짜 큰 관심과 사랑을 가지고 조언을 해준 건데 어떻게 기분 나쁘게 이걸 오지랖이라고 말할 수가 있냐고요?

저도 그렇게 말하는 분들에게 관심과 사랑을 가지고 조언을 한 건데, 앞으로는 참도록 하겠습니다.

자기혐오

자기혐오를 느낄 때가 많았다. 난 왜 이것밖에 안되는지. 난 왜 주변 사람을 실망시키는지. 난 왜 더 잘할 수 없었는지. 나라는 사람이 너무 싫고 너무 보잘것없이 느껴져서 혐오감이 들 정도일 때가 있다. 그럴 때는 내가 나인 게 너무 고통스러웠다. 하지만 이런 식으로 계속 살아갈 수는 없었기에 겨우 해낸 생각이 있다. '그래도 내가 나한테 일말의 정이 있기 때문에 이렇게 스스로를 미워할 수도 있는 거 아닐까?' 진짜 싫은 것은 쳐다도 안 보고 아예 신경도 안 쓰는 성격이라 그랬는지 저 생각은 제법 내게 설득력이 있었고 마음에 큰 위안이 되었다. 그리고 차츰 깨닫게 되었다. 내가 나를 정말 혐오한다기보다는 내 자신이 나에게 부여한 기대치가 너무 높았고 그걸 달성 못하니 실망했던 것인데 그 감정을 너무 단순하게 "난 내가 싫어"로 분석한 것이었다.

어쨌든 내가 나를 진심으로 싫어하는 게 아니라는 깨달음은 참 좋은 것이다.

미우나 고우나 앞으로 평생 함께해야 하는 나인데… 사랑해주자.

선함을 믿는 것

우리는 돈을 믿는다. 사실 돈은 그저 숫자가 써져 있는 종이 쪼가리지만 만 원을 보면 그걸로 어디서든 따뜻한 밥 한 끼에 간단한 간식까지 사 먹을 수 있다는 것을 누구나 믿는다. 그 믿음 때문에 돈은 힘을 갖게 된다.

그렇다면 우리가 선함을 믿는다면 어떨까? 만 원을 보고 만 원어치의 물건을 구매할 수 있다고 당연하게 믿는 것처럼 선함을 베풀면 언젠가 그만큼 다시 돌아온다고 모두가 굳게 믿는다면 어떨까 하는 것이다.

'더 이상 착하면 호구된다. 베풀면 나만 손해 아닌가?'

이런 생각에서 벗어날 수 있지 않을까?

하지만 할 때마다 정말 지치는 생각이긴 하다.

착하면 호구입니까?

착하게 굴었다가 손해본 경험이 없는 사람은 없을 것이다. '애초에 베풀면 나만 손해 아닌가?' 이게 사실은 다 실제 사례를 통해 입증되기 때문에 이 험난한 삶에서 이 의문을 외면할 수가 없다.

하지만 여기서 한 가지 짚어보자. 착한 것과 수동적인 것을 헷갈렸기 때문에 이런 질문을 하게 되는 것이 아닐까? 내가 정말로 선행을 베푸는 것과 그냥 다른 사람이 하자는 대로 이끌리는 것은 천지 차이다.

착한 사람도 단호할 수 있다. 착한 사람도 아닌 건 아니라고 한다. 내가 '착하면 호구인가?'라는 질문을 하게 된 배경에도 그냥 누가 하자는 대로, 해달라는 대로 별 생각 없이 따라 했다가 후회를 했던 경험이 있다. 그때 내가 생각 없이 결정을 했다는 사실을 인정하기 싫어서인지 '내가 착해서 그랬나 봐~'라고 생각했을 뿐이었다.

선행을 베푸는 것과 수동적인 것은 다르다.
수동적인 것은 편하게 할 수 있지만 선행은 어렵다.

선행을 베푸는 게 뭔데?

그래서 뭘 해야 선행을 베푸는 건지 고민을 해봤는데, 정말 어렵다. 머릿속에 당장 떠오른 것들은 "무거운 짐 든 사람 짐 들어주기" "바닥의 쓰레기 줍기" 같은 굉장히 어린이스러운 대답들인데… 이런 반박이 들어올 수도 있다. "무거운 짐 든 사람이 혼자 들겠다고 한다면?" "그 구역 청소부가 쓰레기 건들지 말라고 한다면?"

아, 어려워진다.

그냥 쉽게 생각하면 도움이 필요한 사람에게 도움을 주는 게 선행 아닐까? 하지만 현금 200억이 필요한 나에게

200억을 주는 건 선행이 아닐 것이다.

어렵다. 살던 대로 살아야겠다.
남한테 피해나 주지 말자.

좋아하는 것 미워하는 것

같은 것을 좋아할 때보다 같은 것을 미워할 때, 사람들은 더 잘 친해지고 돈독해진다.

그래도 누군가와 친해지려고 뭔가를 억지로 미워하지는 말자. 그러다 보면 나도 모르게 그게 진심으로 미워지니까.

그리고 진심으로 싫어하는 뭔가가 많아질수록 인생은 고달프다.

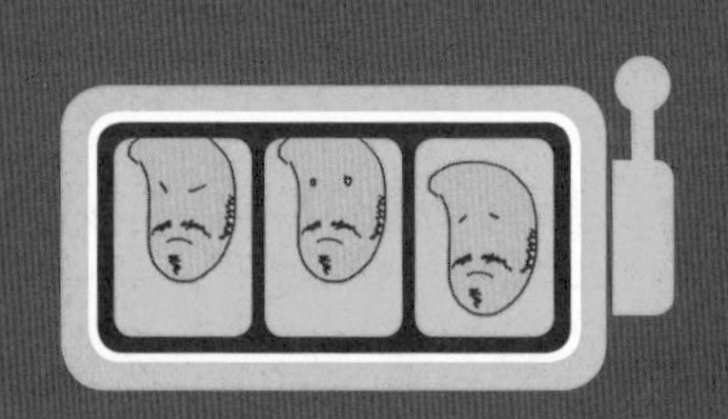

3부

도움이 될지 모르겠는 TMI

—

다른 사람을
특별하게 대해주면
나 역시 그 사람의
특별한 사람이
될 수 있다.

저는 항상 무언가에 엄청난 내공을 지닌 사람을 보는 걸 좋아합니다. 그게 게임이든 운동이든 아니면 악기 연주든 뭔가 경지에 오른 사람을 보고 있으면 '저 경지에 이르기까지 얼마나 노력했을까? 저기서 저런 생각은 어떻게 한 걸까?' 이런 생각이 들며 그 사람에게서 눈을 떼기가 힘들어지죠.

그래서 오랫동안 관찰하고 있으면 그 사람의 사소한 습관 같은 게 눈에 띄기 시작합니다. 그러다 보면 이제 그 사람의 메인 능력을 넘어 쓸데없는 것까지 포착하게 되고 맙니다. 악기 연주로 예를 들면 기타리스트의 표정이라든지 하는 것들 말이죠. '피킹을 할 때 인상을 꼭 써야 하는 건가?' 같은 생각이 들면서 이제 그 사람의 연주보다는 표정에 집중하게 됩니다. 하지만 이게 또 굉장히 재미있고 유익합니다.

얼핏 쓸데없어 보이지만 저는 이런 작은 디테일이 사람의 많은 것을 말해준다고 생각합니다. 사람들은 자기 자신을 소개할 때 큰 것만을 말할 때가 많습니다. 예를 들면 자기의 직업이라든지, 나이라든지 이런 요소들 말이죠. "저는 양말을 신을 때 무조건 오른쪽 먼저 신습니다." 이렇게 자기를 소개하는 경우는 거의 없죠. 하지만 저는 이런 작은 게 더 흥미롭고 재미있습니다.

그래서 준비했습니다. 저의 TMI들.

쓸데없을 거예요. 미리 죄송합니다.

인간관계 잘하는 법 1

* 주의 사항 *

이 글을 쓰는 본인은 엄청난 아싸입니다.

인간관계에서 중요한 건 무얼 하느냐보다도 무얼 안 하느냐인 것 같다.

남이 나에게 하지 않았으면 하는 일을 나도 남에게 하지 않는 것.

남이 나에게 바라는 일을 나도 남에게 한다는 건 좀 부담스럽다.

우선은 함께 있을 때 불편하지 않으면 계속 함께 있고 싶지 않을까.

인간관계 잘하는 법 2

지금부터 하려는 이야기는 좀 이상할 수 있지만 그래도 한번 이야기해보겠습니다.

인간관계를 잘하기 위해서는 우선 나 자신과 친해져야 한다고 생각한다. 희한하게도 우리는 혼자 있으면 위축될 때가 있다. 다른 사람들은 다 삼삼오오 혹은 적어도 둘씩 짝지어 다니는데 나 혼자 있으면 뭔가 잘못된 것 같은 기분이 드는 것이다.

나 자신과 친해진다면 어떨까? 혼자서 어딜 가더라도 죽마고우와 동행한 것처럼 편안한 느낌이 들게 말이다.

뭐요? 그게 아싸라고요?

아 진짜요…?

아… 네….

말 잘하는 법

나는 매일매일 하루에 6~7시간씩 생방송을 하는데 말을 멈추는 적이 별로 없다. 그래서 몇몇 시청자분들은 말을 잘하는 법을 물어보시는데 여기에 좋은 대답을 해드리기가 참 힘들다.

일단 나는 말을 잘하는 게 아니라 많이 하는 것이다. 많이 던지다 보니 그중 몇 개가 맞는 것이고 사람들은 또 그것만 기억한다. 그러다 보니 착각을 하게 되는 것 같다.

"아, 재는 말을 잘하는구나…."

그래도 말을 잘하기 위해서 내 나름의 노력을 하는데, 그건 다른 게 아니라 평소에 말을 안 하는 것이다. 놀랍게도 나는 방송을 하지 않을 때는 말을 거의 하지 않는다. 할 말을 생각하고 있거나 주로 듣는다. 기를 모으는 것이다. 말을 잘하고 싶다면, 그렇게 평소에 할 말을 생각해놓는 방법이 효과가 있을 것이다.

네? 여러분은 방송을 안 하니까 평소에 말을 안 하고 말을 모아서 하는 게 불가능하다고요? 그럼 제 방송 보시면서 말 안 하고 제 말 듣기만 하시면 되잖아요.

선바 방송 트위치 twitch.com/sunbaking

유튜브 youtube.com/sunbaaking

구독과 좋아요!

내가 지금 잘 살고 있는지 확인하는 법

두 가지 방법이 있다.

하나는 나를 좋아하는 사람들에게 칭찬과 응원을 받고 있다면 지금 잘 살고 있는 것이다.

두 번째로 나를 싫어하는 사람들에게 욕을 먹고 있다면 그것 역시 잘 살고 있는 것이다.

세상에서 제일 어려운 것

세상에서 제일 어려운 것이
남에게 하는 조언이다.

능률의 세 가지 유형

바쁠 때 능률이 오르는 사람.
한가할 때 능률이 오르는 사람.

맨날 능률 안 좋은 나.

선바의 소소한 인생 꿀팁

- 택배로 물건을 사면 기다리는 3일이 즐겁고 설렌다.
- 음악을 앨범 단위로 들으면 아티스트와 교감하는 느낌을 누릴 수 있다.
- 먹을 때 살찔 걱정 안 하면 3배 맛있다.
- 다른 사람들은 알아서 하겠지~라고 생각하면 마음이 3배 편하다.

★ 나를 좋아하는 사람에게만 신경을 쓰면 3배 행복해진다.

제 인생에 답이 없어요

살면서 중요한 문제에 부딪혔을 때 답이 없는 게 힘들게 느껴질 때가 있다.

하지만 답 없는 상황보다 더 힘든 건 질문이 없는 상황이다.

답이야 찾아내면 괜찮지만 질문이 없으면 우린 나아갈 방향 자체를 잃어버린다.

답은 없어도 괜찮다. 질문을 잊지 말자.

휘둘리지 않는 법

다른 사람에게 휘둘리지 않으려면 중요한 일에 관해서는 내 주관이 있어야 한다. 세상 사소하고 소소한 일 하나하나마다 내 주관을 갖기는 어렵지만 내 삶에 있어서 정말 중요한 일이라고 생각되는 일들에 대해서는 꼭 나만의 생각을 가지도록 하자.

물론 이 문제에 대해서도 아니라고 생각한다면 주관을 안 가져도 된다.

특별한 사람이 되는 법

나는 특별한 사람이 되고 싶어서 별의별 노력을 다 해 봤다.

하지만 보통 그 노력의 결과는 민폐를 끼치는 사람이 되는 것뿐이었다.

그래서 일단 나에게 특별한 사람이란 어떤 사람일까 생각해보니 '나를 특별하게 생각해주는 사람'이 바로 그런 사람이었다.

다른 사람을 특별하게 대해주면 나 역시 그 사람의 특별한 사람이 될 수 있다.

밸런스 맞추기

남들이 다 나한테 뭔가를 바라면 난 안 바란다.

남들이 다 나한테 아무것도 바라지 않으면 난 격하게 바란다.

이런 밸런스를 맞춰야 삶이 건강하고 재미있어지는 것 같다.

나 자신에 대한 기대치

옛날에는 영상 하나를 올릴 때도 수십 번 고민했고, 수십 번 고민하고서도 올리지 않을 때도 많았다. 나 자신에 대한 기대치가 너무 높아서 내가 생각한 만큼 사람들의 반응이 좋지 않으면 실망도 많이 했다. 그러다가 그냥 지쳐서 나가떨어지곤 했다.

나 자신에 대한 기대치는 결국에는 내 목을 조를 때가 많았다.

그걸 버리고 마음 편하게 나아가니 결과에 상관없이 과정을 즐길 수 있게 되는 것 같다.

1인 크리에이터라는 말

나는 사실 1인 크리에이터라는 말은 별로인 것 같다. 누가 나에게 "정녕 네가 뭔가 창의적인 것을 만들어내고 있느냐?"라고 물어봤을 때 나는 정말 자랑스럽게 "그렇다!"라고 할 수가 없기 때문이다. 그냥 유튜브 하면 유튜버, 스트리밍 하면 스트리머 정도가 제일 정확한 표현 아닐까?

굳이 내가 뭘 만든다면 똥 크리에이터(배변 능력 좋음)가 아닐까….

1인 크리에이터를 꿈꾸는 사람들에게

물론 방금 말했듯 나는 1인 크리에이터라는 말을 별로 좋아하지는 않지만 유튜버, 스트리머 등등을 하나로 묶어서 부를 만한 말이 1인 크리에이터밖에 없다. 인터넷 관종을 꿈꾸는 사람이라고 할 수는 없는 노릇이고, 또 이미 다들 이렇게 부르고 있으니까. 지금부터 1인 크리에이터를 꿈꾸는 사람들을 위해 조언 겸 넋두리를 해볼까 한다. 물론 내가 대단한 사람도 아니고 딱히 큰 도움은 안 될 것 같지만 그래도 내가 하면서 느끼고 또 쉽게 듣지 못했던 이야기들이니 1인 크리에이터에 관심이 있다면 한 번쯤 봐두는 것도 좋을 것이다.

1인 크리에이터로서의 성공이란?

내가 생각하는 1인 크리에이터로서의 성공이란 별것 아니라 그냥 딱 그것만 해도 생계를 해결할 수 있는 상태이다. 사실 별것 아닌 게 아니라 엄청난 것이긴 하다. 구독자가 몇 명이니 조회 수가 몇이니 그런 것보다도 내가 하고 싶은 것을 지속할 수 있는 것. 그게 성공이다.

여기엔 경제적으로 성공했다는 의미뿐 아니라 내가 좋아하는 일을 하면서 시간을 보내며 산다는 의미도 있다.

1인 크리에이터, 몰입과 분리

일단 재미있고 사람들의 관심을 끌 수 있는 뭔가를 해야 성공한다는 사실은 누구나 다 알 것이고 그러기 위해서는 자기가 만드는 콘텐츠에 온전히 몰입해야 한다는 것도 자연스럽게 알게 될 것이다.

하지만 내가 말하고 싶은 건 분리를 잘 해야 된다는 것이다. 콘텐츠와 나 자신이 계속해서 일체라면 굉장히 많은 것들이 혼란스러워진다.

일상을 지키는 것 또한 크리에이터로서의 성공만큼이나 중요하기 때문에 크리에이터로서의 자아와 평소의 나를 잘 분리해놓는 일이 중요하다.

1인 크리에이터, 뭘 만들어야 하나요

이건 본인 스스로에게 묻는 수밖에 없다. 이미 세상엔 너무나도 많은 장르의 영상들이 있고 지금도 하루에 몇 개가 올라오는지 셀 수도 없을 정도다. 물론 조회 수가 잘 나오는 유의 유행하는 영상들은 많고 굳이 내가 언급하지 않아도 관심 있는 사람들이라면 다 알 것이다. 하지만 처음에 말했듯 성공이란 자신이 좋아하는 일을 하면서 시간을 보내는 것도 포함되는 것이다.

사람들의 반응, 조회 수와 유행보단 자신이 즐겁게 할 수 있는 콘텐츠를 만들어보는 것을 추천한다.

선바의 주력 콘텐츠

나 자신은 별로 흥미가 없었는데 반응이 너무 좋았던 네이버 주니어 게임.

세상이 이렇다….

혼자서 방송하면 외롭지 않은지

인터넷 방송은 대부분 혼자서 떠드는 일이기 때문에 혹시 외롭지는 않냐고 많은 사람들이 물어보곤 한다.

하지만 많은 사람들의 우려와는 달리 그다지 외롭지는 않다. 오히려 실제로 사람을 만나는 것보다 덜 외로울 때도 있다.

나는 외로움을 물리적으로 혼자 있을 때보다 정서적·심리적으로 고립되어 있을 때 많이 느끼는데 인터넷 방송은 내 방송을 좋아하는 사람들만 모인 곳이기 때문에 이야기하기도 편하고 오히려 외롭지 않다.

혼자 있을 때보다 말을 나눠도 말이 통하지 않을 때 더 외롭기 마련이니까.

방송을 끄고

텅 빈 모니터를 보며 드는 생각

"배고프다…."

좋아하는 것과 잘하는 것 중 뭘 하면 좋을까요?

오래 할 수 있는 걸 하는 게 좋을 것 같다. 그러려면 당연히 돈을 벌 수 있는 걸 해야겠지? 물론 돈에 구애받는 상황이 아니라면 그냥 좋아하는 걸 하면 되니 이런 고민을 하지도 않을 것이다. 어쨌든 삶의 기로에서 좋아하는 것과 잘하는 것을 선택해야 할 때는 경제적 여유를 창출할 수 있는 쪽을 메인으로 놓고 다른 것은 취미로 즐기면 좋지 않을까 한다.

그리고 사실 내가 좋아한다고 생각했던 것도 하루 종일 업으로 삼고 하다 보면 싫어질 수도 있으며 내가 잘한다고 생각했던 것도 프로의 세계로 들어가면 그게 아닐 수도 있다.

어떻게든 살아남아서 내가 좋아하는 것을 하며 살 수 있었으면 좋겠다.

영업의 기술

내가 좋아하는 무언가를 다른 사람에게 맛보게 하고 싶을 때, 가장 쉬운 방법은 그냥 정직하게 추천을 하는 것이다. 하지만 내가 쓰는 방법은 그게 아니다. 그냥 내가 뭔가를 좋아하는 모습을 보여주되 직접적으로 권하진 않는다. 그럼 주변에서 알아서 관심을 가져준다. 그거 뭐냐고. 그렇게 하면 자연스럽게 내가 좋아하는 뭔가를 영업할 수 있다. 그래서 나는 이제 락 음악을 자연스럽게 좋아한 지 15년 정도 됐으니까 한 10년만 더 좋아하면 주변에서 관심 가져주는 게 맞겠지?

씻기 싫을 때

그렇게 생각하는 사람과
일주일만 지내보자.

연락을 잘 안 하는 사람의 심리는?

내가 연락을 잘 안 할 때 나는 어떤 심리였을지 생각해 보면 얼추 짐작해볼 수 있지 않을까.

내 인생 첫 덕질

초등학교 때 학교 끝나고 집 앞 벤치에 앉아서 삼국지를 좋아하는 친구와 삼국지 이야기를 한 시간씩 하다가 집에 갔다. 그리고 거기에 그치지 않고 각자 유비, 관우, 장비 역을 하나씩 맡아서(나는 장비였다) 역할극도 하고, 제갈량을 섭외하자고 삼국지 퀴즈 시험지를 만들어서 다른 애들한테 풀어보라고 했었다.

그 당시엔 덕질이란 말이 없었는데 이제 와서 생각해보니 그것이 바로 덕질이었다.

내 인생 최초의 주작질

초등학교 2학년 때 네이버 마이홈 홈페이지를 만들었는데 아무도 안 와서 내가 '지나가는 나그네'라는 아이디로 내 마이홈 홈페이지에 "이 홈페이지는 정말 잘 꾸몄네요" 하고 댓글 달았다….

이상형

이상형이 뭐냐는 질문은 많이 하기도 하고 받기도 하는 질문일 것이다. 근데 이 질문을 받을 때 내가 느끼는 것은 내가 생각보다 나 자신에 대해 잘 모른다는 점이다. 내가 설정해놓은 그 이상형은 사실 내가 정말 좋아하는 사람이 아닐 수도 있다. 내가 실제로 만나서 좋아하게 될 사람은 내가 설정해놓은 그 모습과 상당히 거리가 있을 수도 있다는 것이다.

그러면 좀 혼란스럽지 않을까?

개그를 했는데 아무도 반응이 없으면 어떡하나요

일단 본인이 웃어야 한다. 어떤 개그는 너무 개그 같지 않아서 이게 개그인지도 모를 수가 있다. 그래서 본인이 말하고 본인이 웃음으로써 이게 개그인 걸 알려야 한다. 그럼 웬만하면 웃어줄 것이다.

하지만 두 번 다시는 그런 개그를 하지 말자는 다짐 또한 필요할 것이다.

재능이냐 노력이냐

사실 이 문제에 대해 정답이 어디 있겠는가. 다만 이 논쟁에서 재능으로 답을 확정 짓는다면 앞으로 내가 뭔가를 노력할 마음은 들지 않고 어차피 재능이 넘쳐나는 다른 사람들이 세상을 쥐락펴락한다는 생각이 들어 나는 아무것도 하기 싫어질 테니 노력인 걸로 합시다.

오늘도 화이팅.

냉면

어렸을 때 친구와 친구 부모님과 함께 냉면을 먹은 적이 있다. 나는 그 당시 냉면을 못 먹었는데 친구 부모님이 사주시는 상황에서 차마 "저 냉면 못 먹는데요"라는 말이 나오지 않아서 얼른 먹어 없애려고 한입에 잔뜩 넣었다가 사레가 들려서 눈물을 흘리며 토하고 말았다.

그 후로는 못하는 게 있으면 얼른 말한다.

"저 이번 주 마감 못하겠는데요…."

공연장 느낌

공연도 좋지만, 공연이 시작되기 전의 그 웅성웅성한 분위기를 좋아한다.

확실한 기쁨을 앞두고 있는 불완전한 시간이 자아내는 그 분위기를….

락 음악을 좋아하는 이유

다른 사람 음악 취향 이야기만큼 흔한 이야기도 없지만 거기에 굳이 내 얘기도 얹어보고 싶다. 내가 가장 좋아하는 음악 장르는 단연 락 음악이다.

락은 아마도 가장 저항에 가까운 음악일 것이다. 처음에는 그런 강렬한 느낌이 너무 좋았다. 뭔가 나쁜 것에 대해 강하게 저항하는 느낌. 반항의 맛을 알게 해줬다고 할까?

하지만 살다 보니 내가 나쁘다고 생각한 사람들을 이해할 수도 있게 되었고 또 내가 그런 입장이 되는 경우도 적지 않았다. 그런 자기모순과 자기혐오에 젖어 있을 때도 락 음악이 참 큰 힘이 되어주었다.

뭐 그렇다고요.

내 인생 영화

내가 제일 좋아하는 영화는 잭 블랙 주연의 〈스쿨 오브 락〉이다. 중학교 때 처음 봤는데 코미디 영화인데도 울 뻔했다(눈물을 흘리진 않았음). 이 영화를 좋아하는 이유 중 하나는 잭 블랙의 "한 번의 락 공연이 세상을 바꾼다"는 말인데 정말 너무 멋져서 그때부터 쭉 마음속에 간직하고 있다. 그래서 나도 그 대사 그대로 "한 번의 방송이 세상을 바꾼다"는 마인드로 방송을 하고 있다… 가 아니라 해야 하는데 매일 하다 보니 쉽지 않다.

죄송합니다. 시청자분들!

대신 한 번의 방송이 잠깐 동안 여러분의 기분 정도라도 좋게 해줄 수 있기를 소망합니다.

항문에 이빨이 난다면

항문에 이빨이 났는데 충치가 생겼다. 치과를 가야 할까? 항문외과를 가야 할까?

치과 가야 한다 팀: 어찌 됐든 이빨이다. 이빨 전문가는 치과 의사이기 때문에 치과 치료를 받아야 한다.

항문외과 가야 한다 팀: 아니다. 이빨이 났든 뭐가 났든 항문에 난 것이기 때문에 항문 전문가에게 가야 한다. 그리고 치과에는 항문을 위한 의자가 없다. 치과 의자에 거꾸로 누울 것인가?

치과 가야 한다 팀: 만약 금니를 씌워야 한다면 어쩔 것인가? 항문외과에 금니 준비되어 있나?

이런 얘기 그만하자 팀: …

유튜버가 계속 직업일 수 있을까?

인터넷의 짧은 역사를 살펴보자. 10년이면 강산도 변한다는 말이 무색하게, 인터넷 세상에선 10년이면 천지가 개벽한다. 10년 전의 인터넷 문화, 인기 많은 사이트, 사람들이 인터넷을 통해 주로 했던 것들을 지금과 비교해보면 정말 많이 바뀌었다. 그래서 당연하게도 유튜버 또 스트리머가 계속 직업일 수 있겠냐는 걱정을 할 수밖에 없는데…

걱정할 필요가 없다.

그게 직업군에서 사라지기 전에 내가 더 빨리 망할 테니까.

다른 사람을 웃기는 방법?

유머란 무엇인가?

내가 예전부터 생각하는 유머란 이런 것이다.

날카로운 칼을 휘두르며 곡예를 선보이는 곡예사를 상상해보자.

그 곡예사가 이리저리 칼을 화려하게 휘두르다 어떤 사람의 배에 칼을 딱 꽂는다.

다들 화들짝 놀란다.

하지만 그 곡예사가 칼을 뽑자 칼날은 온데간데없고, 칼이 꽂혔던 자리에 꽃다발이 있고 피가 나야 할 곳에 피는 없고 곱게 자른 색종이가 휘날린다.

그리고 지켜보던 사람들의 박수갈채가 울려 퍼진다.

말은 곧 칼이다. 칼을 휘두르는 것은 남에게 상처를 줄 수도 있다는 뜻이지만 또한 나를 지킬 수 있는 수단이 된다는 뜻도 있다.

때로는 위트 섞인 말 한 마디가 천 마디 자기 변론보다 사람들에게 큰 임팩트를 줄 수도 있다.

그리고 배에 꽂은 칼은 하지 말아야 할 것, 즉 금기를 의미한다.

이 금기는 주로 일상적인 금기다.

기본적으로 우리는 모든 법규를 딱딱 지키는 것, 원리 원칙대로 하는 것을 보면서는 절대 재미있다고 생각하지 않는다. 평소와 다르고, 기본 상식을 초월하는 일이 항상 흥미롭고 재미있다.

그리고 제일 중요한 마지막, 칼날 대신 꽃다발이 있고

피 대신 색종이가 날리는 부분이다. 그런 기상천외한 짓을 하고도 다른 사람을 상처주지 않는 것을 뜻한다.

주변의 박수갈채 또한 마찬가지다.

우리는 살면서 많은 사람들이 말을 휘둘러 꽃다발과 색종이를 뽑으려다 진짜 피 나는 꼴을 많이 봐왔다. 다른 사람을 웃기려는 사람은 먼저 자기 손에 든 칼이 얼마나 날카로운지, 결정적인 순간에 그게 꽃다발로 변할 것인지를 먼저 고민해야 할 것이다.

하지만 유머에 대해 이렇게 진지하게 생각하는 것만큼 웃기는 짓거리도 없는 것 같다.

진짜 웃기는 건 원초적으로 막 웃기더라….

뿡

웃기는 사람이 되려면?

웃기는 사람이 되려면 일단 첫 번째로는 그냥 웃기게 태어나는 법이 있다.

그냥 숨 쉬고 걷기만 해도 웃기는 사람이 있다.

너무 부럽다.

약간 피에 어떤 개그감이 흐르고 있는 것 같은 사람들. 똑같은 뭔가를 해도 정말 차원이 다른 사람들.

하지만 이건 노력으로 어찌할 방법이 없다.

내 생각에는 정말 웃기는 사람은 역설적으로 슬픈 사건을 많이 겪었던 사람인 것 같다.

삶에서 슬픈 사건이 많았던 사람들이야말로, 본인들의

아픔이 있기 때문에 다른 사람이 어느 때 상처를 받을지를 잘 알고 있다.

그들은 앞에서 말했던 칼날과 꽃다발을 가장 잘 구분할 수 있기 때문에 뭔가 선을 넘는 것 같아도 기분이 나쁘지 않게 웃기는 걸 많이 볼 수가 있다.

물론 그냥 숨만 쉬어도 웃기는 사람이 원초적으로 웃기는 게 더 웃기긴 하다.

뿡뿡뿡

웃기는 사람보다 웃는 사람이 더 좋다

하지만 웃기는 사람이 되려는 이유가 뭘까?

유머 그 자체에 대한 어떤 열망이 있는 것이 아닌 이상 보통은 인기가 많아지고 싶어서 웃기는 사람이 되려는 경우가 많다.

그런 목적이라면 굳이 힘들게 남을 웃길 필요 없다.

그냥 잘 웃는 사람이 더 인기 많으니까.

원래 사람은 자길 알아주는 사람을 제일 좋아한다.

물론 안 웃기는데 일부러 웃어주면 더 멕이는 것 같으니 주의.

저는 웃음이 너무 없어요

이건 정말 본인이 웃음이 너무 없는 사람일 수도 있지만 이런 경우는 정말 희귀하고, 주변에 웃기는 사람도 없고 웃기는 일도 벌어지지 않아서 웃음이 없는 사람이 되었을 확률이 더 크다.

굉장히 슬픈 일이지만, 기회로 생각한다면 그 구역에서 내가 제일 웃기는 사람이 될 수 있는 기회다!

그 기회를 잡아 웃음 사냥꾼이 되어보자.

저는 웃음이 너무 많아요

부럽다.

해탈

뭔가를 이룰 수 있는 방법에는 물론 많이 노력하는 방법이 있다. 하지만 오히려 뭔가를 포기했을 때 더 진척이 될 때가 많다.

내가 100짜리 무언가를 하고 싶을 때면 어쩐지 일을 시작조차 할 수가 없다.

왜냐하면 나는 100짜리 사람이 아니니까. 결국 시작도 못하고 결과물은 0이 된다.

하지만 100을 포기하고 50까지만, 30까지만 하자고 목표를 잡으면 부담스럽지 않아 쉽게 시작할 수 있고 또 재미가 붙으면 목표치를 초과해 60, 70짜리 결과물이 나오기도 한다.

우린 완벽할 필요가 없다.
애초에 불가능하고.

동생 지우 이야기 1

예전에 같이 살 때, 동생은 마루에서 잠을 자던 때가 있었다. 어느 날 밤에 깨어나 물 마시러 마루에 나갔는데 흐느끼는 소리가 나서 동생이 있는 침대를 보니까 자면서 슬프게 외치고 있었다.

"오빠… 내 스테이크 먹지 마… 내 스테이크 먹지 마…."

내가 평소에 얼마나 뺏어 먹었으면 저랬을까… 미안해….

근데 다음 날 물어보니 기억 안 난다고 해서 평소대로 먹었다.

동생 지우 이야기 2

어렸을 때 나와 동생 지우는 피아노를 배웠었다. 어느 날은 내가 어떤 노래를 치고 싶었는데 어쩐지 박자를 전혀 잡을 수가 없어서 피아노 앞에서 헤매며 뚱땅거리자 지우가 와서 어떻게 치는지 시범을 보여줬다.

바로 앞에서 시범을 보니까 '아! 이렇게 치는 거구나!' 하고 이해가 되었고 나도 곧 지우랑 똑같이 칠 수 있게 되었다!

근데 그걸 본 지우가 짜증난다고 울었다.

"어허어엉… 왜 잘 쳐~~ 나 이제 오빠한테 아무것도 안 알려줄 거야…."

동생 지우 이야기 3

아주 어렸을 때, 내가 초등학생이고 지우는 유치원생(6살 차이)일 때다. 사촌들과 함께 재미있게 논 적이 있었다.

우리는 나이 차가 많이 나는 지우와 놀면 재미가 없다는 생각을 가진 건방진 초등학생들이었으므로 동생과 놀아주지 않고 우리들끼리만 놀았다. 그런데 그 장면을 목격한 이모가 "지우와 함께 놀라"는 명령을 내려서 우리는 어쩔 수 없이 지우와 놀게 되었다.

그때 지우가 원했던 놀이는 공놀이였는데 축구나 농구

같이 밖에 나가서 하는 활동량 넘치는 공놀이가 아니라, 마루에 동그랗게 둘러앉아서 공을 굴려 주고받는 그런 놀이였다.

그래서 그 건방진 초등학생들은 억지로 어린 동생과 시시하게 놀게 되었다는 사실이 괘씸한 나머지 지우에게는 공을 주지 않고 자기들끼리만 주고받는 만행을 저질렀다.

처음엔 만족스러운 표정으로 공놀이를 즐기려던 지우는 공의 동선을 조금 보다가 이 건방진 초등학생들이 또 자신을 모욕한다는 사실을 깨달았다. 지우는 "엉엉엉… 공을 나한테도 줘야지~!!" 하며 울었고 그에 이모는 또 지우에게도 공을 주며 놀라는 명령을 내리셨다.

그래서 그 건방진 초등학생들은 이제 지우에게만 공을 주기 시작했다. 지우는 공의 행복한 동선을 보고 있다가 또 뭔가를 깨닫고는 울며 외쳤다.

"엉엉엉… 공을 골고루 줘야지~!!"

내가 직접 체험해본 다음

진심으로 해보고 싶은 말

돈? 명예? 그거 다 부질없더라고요.

하… 인생은 그런 걸로 채워지는 게 아닙니다.

성공에 대한 집착

우리는 사업이든 학업이든 어떤 분야든 너무 성공에 집착한다. 너무 성공에 집착하다 보니 다른 중요한 것을 놓치고 있지는 않을까? 꼭 성공해야만 하는 걸까?

뭐요? 이런 얘기는 성공한 사람들이 해야 설득력 있다고요?

나 원 참 더러워서…
내가 눈에 불을 켜고 성공하고 만다.

내가 정말로 힘들 때

내가 가짜로 느껴질 때다. 내가 옳다고 생각하는 일보다는 다른 사람을 신경 써서 다른 사람 입맛에 나를 맞추는 일을 한다거나 어쩔 수 없어서(예를 들면 돈을 벌기 위해) 전혀 하고 싶지 않은 일을 할 때.

그럴 때는 나 스스로가 뭔가 껍데기만 남은 허상처럼 여겨지는데 그게 정말 견디기 힘들다.

진짜 진짜 정말로 힘들 때

돈 없을 때.

소중한 것을 지키는 방법

우리는 때때로 소중한 것을 잃고 엄청난 후회를 한다. 이렇게 소중한 것을 잃지 않기 위해 어떻게 하면 좋을지 생각을 해보니 떠오른 답은 너무 간단했다. 내가 소중히 여기는 그것을 늘 시간을 써서 소중히 여기면 되는 것이다.

예를 들면 건강이 소중하다는 것은 누구나 알고 있다. 하지만 그걸 알고 있는 만큼 시간을 써서 소중하게 대해주는가 고민해보면 그렇지 않을 때가 많다. 즉 항상 시간을 들여 소중하게 생각을 하고 있다면 소중한 것을 놓칠 일이 조금 줄어들지 않을까?

근데 뭔가 내가 마음에서 우러나서가 아니라 계속 억지로 소중하게 여겨야 하는 것이 있다면,

그건 진짜 소중한 게 아닐 수도….

나를 키우는 작은 힘

정말 소소한 일이라도 해냈다는 성취감은 대단한 것이다. 예를 들면 정해놓은 시간에 일어나기라든가 책을 정해놓은 만큼 읽기 같은, 그다지 힘들지 않은 일들도 쌓이고 쌓이다 보면 점점 더 나 자신을 컨트롤할 수 있는 힘이 생기는 것이다.

그래서 나는 나 자신을 컨트롤할 힘이 없다.

행복과 불안

사랑받으면서도 불안할 때가 있다. 나도 유튜버를 시작하면서 분에 넘치는 사랑을 받아 행복하기도 하고 또 행복한 만큼 불안하기도 했다. 내가 받아도 되는지 모를 것을 받게 되면 불안하기 마련이다.

하지만 이 불안은 내가 앞으로도 계속 큰 사랑을 받고 싶은 욕심에서 비롯됨을 알았다. 앞으로도 항상 이런 사랑을 받고 싶으니 불안한 것이었다. 그런 욕심을 버리고 현재에 집중하니 굉장히 행복해졌다.

우리 모두 사랑받을 순간이 있을 텐데 사랑을 불안하게 받지 말고 행복하게 받자.

?
개골

개굴!

개굴.
애!

Your Stomach.

The End.

By. Mandoo

작가 후기

"선바 님의 이야기를 담은 책을 써보시겠어요?"

평소처럼 방송을 마치고 메일함을 열었다가
정말 상상도 못한 메일을 받았다.

네? 제가요? 책을요?

혹시 이 메일이 뭔가 신종 사기는 아닐까도 잠깐 생각해봤지만(그 즈음은 페이스북 해킹 사기를 당해서 의심이 많던 시기) 정말로 진지하게 제안을 해주신 거였다.
내가 잘할 수 있을까, 고민도 잠깐 했지만 '그래, 어렸을 때 매일매일 꼬박꼬박 일기를 썼으니까 어쩌면 책도 잘 쓸 수 있을지도 몰라…'라는 생각으로 한 글자 한 글자 써 내려가기 시작했다. 그날부터 열심히 써서 결국 이 책이 나왔다.
생각보다 어려운 일이었고 원래 하던 일과 병행하면서 하려다 보니 힘들기도 했다. 하지만 내 이름으로 된, 내 이야기로만 가득 찬 책이 세상에 나온다는 것. 얼마나 놀랍고 보람찬 일인가 생각하면,
그래도 힘들었다.

독자님 그리고 시청자님들께 보내는 편지

안녕하세요. 선바입니다.
이번엔 이렇게 책으로 만나뵙게 되었습니다.
어떤 이야기를 하면 여러분들이 재미있어할지,
또 흥미가 생길지 고민하며 썼습니다.
하지만 그러다가도 결국에는
제가 하고 싶은 이야기를 하게 되더라고요.
이것저것 너무 쓸데없는 내용이 많아 당황스러우실 수도 있겠네요.
팔자에도 없는 집필 활동을 하느라 고된 점도 많았지만
여러분들께서 또 이걸 보고 어떤 반응을 하실까 생각하면
그게 또 금방 기분이 즐거워져서
한 장 한 장 써나갈 수 있었습니다.
방송을 재미있게 봐주셨듯,
부디 책도 재미있게 보셨기를 바랍니다.

저라는 사람에게 보내주시는 과분한 관심과 사랑,
정말 항상 너무 감사합니다.

누군가가 나에게 관심을 가져주고 나를 궁금해한다는 사실이
얼마나 짜릿한지 모르겠어요.

앞으로도 잘 부탁드립니다.

2019년 여름, 선바 드림

이 책에 팬아트를 제공해주신 순돌이 여러분

양정민 (18쪽) 이서현 (21쪽, 117쪽)
뚜루 (75쪽) 윤서영 (187-189쪽)

제 인생에 답이 없어요

초판 1쇄 발행 2019년 7월 25일 **초판 14쇄 발행** 2022년 10월 27일

지은이 선바
펴낸이 이승현

출판1 본부장 한수미
라이프 팀장 최유연
기획 김정희
디자인 333
표지 일러스트 아츄

펴낸곳 ㈜위즈덤하우스 **출판등록** 2000년 5월 23일 제13-1071호
주소 서울특별시 마포구 양화로 19 합정오피스빌딩 17층
전화 02) 2179-5600 **홈페이지** www.wisdomhouse.co.kr

ISBN 979-11-90182-64-5 03810